AF329629

V^{es} RENOU, MAULDE et COCK

IMPRIMEURS DE LA COMPAGNIE DES COMMISSAIRES-PRISEURS

Rue de Rivoli, 144

CATALOGUE

D'UNE

Très-belle Collection de

LIVRES

SUR

L'ARCHITECTURE ET LES BEAUX-ARTS

PROVENANT DE LA BIBLIOTHÈQUE

De feu M. SIRODOT, Architecte

DONT LA VENTE AURA LIEU

HOTEL DES COMMISSAIRES-PRISEURS

RUE DROUOT, 5, SALLE N° 6

Les 5 et 6 Février 1873

A UNE HEURE

Par le ministère de **M° BELLIOT,** Commissaire-Priseur à Paris,
boulevard du Prince-Eugène, 48,

PREMIÈRE PARTIE

Grands Ouvrages d'architecture, Publications illustrées
Histoire archéologique et monumentale
des villes, châteaux, églises et provinces de France

—

EMBLÈMES ET GRAVURES

PARIS

CHASLES, LIBRAIRE-EXPERT

Rue Bonaparte, 15

—

1873

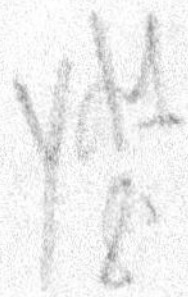

CATALOGUE

D'UNE

Très-belle Collection de

LIVRES

SUR

L'ARCHITECTURE ET LES BEAUX-ARTS

PROVENANT DE LA BIBLIOTHÈQUE

De feu M. SIRODOT, Architecte

DONT LA VENTE AURA LIEU

HOTEL DES COMMISSAIRES-PRISEURS

RUE DROUOT, 5, SALLE N° 6

Les 5 et 6 Février 1873

A UNE HEURE

Par le ministère de M° **BELLIOT**, Commissaire-Priseur à Paris,
boulevard du Prince-Eugène, 48,

PREMIÈRE PARTIE

Grands Ouvrages d'architecture, Publications illustrées
Histoire archéologique et monumentale
des villes, châteaux, églises et provinces de France

—

EMBLÈMES ET GRAVURES

PARIS

CHASLES, LIBRAIRE-EXPERT

Rue Bonaparte, 15

—

1873

ORDRE DES VACATIONS

PREMIÈRE VACATION

Le Mercredi 5 Février...................,,.......... N°s 1 à 159

DEUXIÈME VACATION

Le Jeudi 6 Février............................ N°s 160 à 311

ET LES GRAVURES

CONDITIONS DE LA VENTE

Elle sera faite au comptant.

Les Acquéreurs paieront CINQ CENTIMES PAR FRANC, en sus des adjudications, applicables aux frais de la vente.

Les Livres devront être collationnés sur place et dans les 24 heures. Passé ce délai, ou une fois sortis de la salle de vente, ils ne seront repris pour aucune cause.

CATALOGUE

Très-belle Collection de

LIVRES

SUR

L'ARCHITECTURE ET LES BEAUX-ARTS

PROVENANT DE LA BIBLIOTHÈQUE

De Feu M. SIRODOT, Architecte

1. **A** concise Glossary of terms used in grecian, roman, italian and gothic Architecture. *Oxford, Henri Parker,* 1846; in-12, cart.

2. **Adams.** Décorations intérieures et Meubles des époques Louis XIII et Louis XIV, reproduites d'après les compositions des grands maîtres. *Paris, Morel,* 1865; in-fol. fig. br.

3. **Recueil** de sculptures gothiques, dessinées et gravées, à l'eau-forte d'après les plus beaux monuments construits en France depuis le xi jusqu'au xve siècle. *Paris, Morel,* 1859; 2 vol in-4, de 192 pl., dem.-rel. c. tr. p.

   Bel exemplaire.

4. **Albert (Léon-Baptiste).** L'Architecture et art de bien bastir, traduit de latin en françois, par Jean Martin. *Paris.* 1553; in-fol., fig., rel. anc.

5. Album historique et pittoresque de la Creuse. *Aubusson*, 1847; in-4, pl. dem.-rel.

6. Amé (Émile). Les Carrelages émaillés du moyen-âge et de la Renaissance, précédés de l'histoire des anciens pavages, mosaïque, labyrinthes, dalles incrustées, etc. *Paris, Morel*, 1859; in-4 fig. dem.-rel. c. tr. p.

> Bel exemplaire.

7. Androuet du Cerceau. Second livre d'architecture contenant plusieurs et divers ordonnances de cheminées, lucarnes, portes, fontaines, puis et pavillons pour enrichir tant le dedans que le dehors de tous édifices. *Paris, And-Wechel*, 1561; in-fol. fig.

> Très-bel exemplaire, grand de marges, lavé et encollé. (Préparé pour la reliure.
>
> Le même ouvrage dans une condition très-ordinaire a été vendu à la vente Armand Bertin 150 fr.

8. Androuet du Cerceau. Le premier (et le second) volume des plus excellens bastimens de France auquel sont designez les plans de quinze (trente) bastimens, et de leur contenu, ensemble les élévations et singularitez d'un chascun. A *Paris*, pour le dit Jacques Androuet du Cerceau. 1576; in-fol. rel. anc.

> Edition originale de l'œuvre capitale du célèbre architecte.
>
> Le présent exemplaire est d'une beauté remarquable et dans sa reliure primitive, ce qui fait qu'il est très-grand de marge.

9. Androuet du Cerceau. Les plus excellens bastimens de France, nouvelle édition avec des Notes de M. Destailleur. *Paris, Lévy*, 1872. Liv. I à XXXVII, in-fol. br.

> L'ouvrage doit avoir 45 liv.

10. Angelis Paulo (Abbé). Basilicae S Mariae Majoris de Urbe a Liberio Papa usque ad Paulum V, Ponat. Max. *Romæ*, 1621, in-fol. fig. rel. anc.

11. Annales archéologiques. *Paris, Dideron*, 1843-1870. 25 années br. en n^os.

> Dans cette série il nous manque les années 1865, 1866, 1867. Dans l'année 1868 il manque la première liv. De 1870 nous n'avons que les trois premières. (Les trois premiers volumes sont en dem.-rel.).

12. Antoine (Jean). Traité d'architecture ou Proportions des trois ordres grecs. *Trèves*, 1768; in-4, fig. dem.-rel.

13. Arabesques et les Stucs (les) peints à Rome au Palais du Vatican par Raphaël Sanzio d'Urbin, in-fol. de 16 planches cart. n. rog.

14. Architecture byzantine en France (de l'), Saint-Front de Périgueux et les Églises et Coupoles de l'Aquitaine. *Paris, Didron*, 1851; in-4 fig. dem.-rel. c.

15. Archives de la Commission des Monuments historiques. Livraisons 1 à 126. *Paris, Gide*, 1854-1869; in-fol. br.

> Cette belle publication vient d'être terminée. On peut acheter séparément, les 5 dernières livraisons qui contiennent l'introduction, les titres et les tables.

16. Archives de l'Art français, recueil de documents inédits relatifs à l'histoire des arts en France, publié sous la direction de M. de Montaiglon. Documents; 6 vol. — Abecedario de Mariette, 6 vol. — Mémoires inédits sur la vie et les ouvrages des membres de l'Académie royale de peinture et de sculpture, 2 vol. *Paris, Dumoulin*, 1854-1862; 14 vol. in-8. br.

17. Arnaud (A. F.) Voyage archéologique et pittoresque dans le département de l'Aube et dans l'ancien diocèse de Troyes. *Troyes*, 1837; in-4, pl. dem.-rel. n. r.

18. Aringhi (Paul), Roma subterranea, in qua post Bosium Joannem Severanum et celebres alios scriptores antiqua Christianorum Cœmeteria illustratur. *Paris*, 1659; deux tomes en un vol. in-fol. fig. rel. anc.

> Exemplaire bien conservé.

19. Arnold Friedrich. Der Herzogliche Palast von Urbino. *Leipzig*, 1857; gr. in-fol. 50 pl., dem.-rel. dor. en tête, n. r.

20. Art décoratif (L'), Modèles de décorations et d'ornementation de tous les styles et de toutes les époques, choisies dans les œuvres des plus célèbres artistes, par Godefroid Ume. *Liége, Claesen*, 1869; in-4. cart.

21. Art pour tous (L'). *Paris, Morel*, 1861-1871; 10 vol. in-fol. br.

22. Assas (Manuel d'). Album artistico de Toledo. *Madrid*, 1848; in-fol. fig. dem.-rel. cart. n. r.

23. Aufauvre (Amédée) et Charles Fichot. Les monuments de Seine-et-Marne; description historique et archéologique. *Paris*, 1858; in-fol. pl., dem.-rel. c. n. r.
     Très-bel exemplaire, reliure neuve.

24. Ballu. Monographie de l'église de la Sainte-Trinité, construite par la Ville de Paris. *Paris*, 1868; in-fol. fig. dem.-rel. n. r.

25. Baltard et Amaury Duval. Paris et ses monuments. *Paris, imp. de Crapelet*, 1803; gr. in-fol. fig. cart.

26. Barbat (L.). Histoire de la ville de Châlons-sur-Marne et de ses monuments. *Châlons-sur-Marne*, 1855; un vol. in-4, de texte et un Atlas gr. in-4, de 106 pl., dem.-rel. n. r.

27. Barbet. Livre d'architecture d'autels et de cheminées. suite de 20 planches gravées à l'eau-forte. *Paris*, 1641; pet. in-4, rel. v.

28. Barozzio de Vignole (Jacques). OEuvre complète. In-fol. de 83 planches. *S. l. n. d.* cart. n. rog.

29. Bartoli. Gli antichi Sepolcri ovvero amusolei romani ad etruschi. *Roma*, 1768; in-fol. fig. rel. vel.
     Ouvrage orné de 110 planches.

30. Batissier. Histoire de l'Art monumental dans l'antiquité et le moyen âge. *Paris, Furne* 1845; gr. in-8, fig.
dem.-rel.

31. Baudot (A. de). Église de bourgs et villages. *Paris,
Morel*, 1867; 2 vol. in-4, fig. dem.-rel. c. tr. dor. n. r.
   Bel exemplaire.

32. Begin. Voyage pittoresque en Espagne et en Portugal.
Paris, gr. in-8, fig. dem.-rel. c. dor. en t. n. r.

33. Benvenuti et de Cambray Digny. Monumenti sepol-
cradi della Toscana. *Firenze.* 1819; in-4, fig. dem.-rel.
n. r.

34. Berlyn (Peter) and Ch. Fowler. The Crystal Palace, its
architectural history and constructive marvels. *Londres,*
1851; in-8, fig cart.

35. Berty (Adolphe). La Renaissance monumentale en
France. Spécimen de compositions et d'ornementations
architectoniques empruntés aux édifices construits
depuis Charles VIII jusqu'à Louis XIV. *Paris, Morel*, 1864;
2 vol. in-4, fig. dem.-rel. c. d. en t⁰. n. r.
   Bel exemplaire, reliure neuve.

36. Bibiena (G. G.). Architetture e prospettive. Album
in-fol. de 50 pl. *Paris, Basan (s. d.)* cart.

37. Blanc (Charles). Grammaire des arts du dessin. *Paris,
Renouard*, 1867; in-4, fig. dem.-rel. c. t. p. n. r.
   Très-bel exemplaire, reliure neuve.

38. Blondel (François). De la distribution des maisons de
plaisance et de la décoration des édifices en général.
Paris, 1737; 2 vol. pet. in-4, fig. rel. anc.
   Ouvrage très-estimé.

39. Blondel. Cours d'architecture ou Traité de la décoration, distribution et construction des bastiments.
Paris. 1772; 9 vol. in-8, dont trois de pl. rel. anc.

40. Blouet (G. Abel). Restauration des Thermes d'Antonin Caracalla à Rome. *Paris, Didot*, 1828; in-fol. fig. dem.-rel.

41. Bock (Dᵣ Fr.) Geschichte der liturgischen Gewander des Mittelalters. *Bonn*, 1859-66; 2 vol. gr. in-8, dem.-rel. c. n. r.

Nombreuses planches dont quelques-unes en couleur.

42. Bock (Frantz). Les Trésors sacrés de Cologne, objets d'art du moyen-âge conservés dans les églises de cette ville, texte traduit de l'allemand par W. et E. de Suckau. *Paris, Morel*, 1862; gr. in-8, fig. dem.-rel. c. tr. p.

Bel exemplaire, figures sur chine.

3. Boffrand. Livre d'architecture contenant les principes généraux de cet art. *Paris*, 1745; in-fol. rel. anc.

Avec ce volume se trouve le suivant. Description de ce qui a été pratiqué pour fondre en bronze, d'un seul jet, la figure équestre de Louis XIV.

Exemplaire bien complet, contenant la grande planche représentant le four, qui manque souvent.

44. Bonanni. Numismata Summorum Pontificum templi Vaticani fabricam. *Rome*, 1696; in-fol. fig. rel. vel.

45. Bordeaux (Raymond). Serrureries du moyen âge : les ferrures des portes. *Oxford*, 1858; gr. in-8, fig. cart.

46. Bosboom (S.). Voorbeelden van antiecque Schoorsteenen Cabinetten, Geridons, Tafels en Spiegels. *Amsterdam*, 1786; in-4 (56 pl.) cart.

47. Bosse (A.). Traité sur la pratique des ordres de colonnes de l'architecture nommée antique, in-fol. (*san. l. n. d.*) rel. anc.

48. Boisserée (Sulpice). Histoire et description de la cathédrale de Cologne. *Munich*, 1843; in-4, fig. dem.-rel. toil.

49. Boisserée (Sulpice). Monuments d'architecture du vⁱⁱᵉ au xⁱⁱⁱᵉ siècle dans les contrées du Rhin inférieur. *Munich et Stuttgart*, 1842; in-fol. fig. dem.-rel. n. r.

50. Bouchet et Raoul Rochette. La villa Pia du jardin du Vatican, architecture de Pirro Ligoro. *Paris*, 1837; in-fol. fig. cart.

51. Le Laurentin. Maison de campagne de Pline le consul. *Paris*, 1855; in-4, fig. dem.-rel.

52. Bourassé (l'abbé). Résidences royales et impériales de France, histoire et monuments. *Tours, Mame*, 1864 ; gr. in-8, fig., dem.-rel. c., tranche peigne.

53. Brès (J.-P.). Souvenir du Musée des Monuments français. Collection de 40 dessins perspectifs gravés au trait par MM. Normand père et fils. *Paris*, 1821-26, in-fol. fig. dem.-rel. c. n. r.

54. Britton (John). The Architectural Antiquities of Great Britain, represented and illustrated in a series of wiews, abréviations, plans, sections, etc. *Londres*, 1835, 5 vol. in-4, pl. cart. n. r.

55. Picturesque. Antiquities of the English cities illustrated, by a series of Engravings of ancient buildings, etc. *Londres*, 1830, in-4, pl. cart., n. r.

56. A Dictionary of the Architecture and Archeolog. of the middle ages. *Londres, Longman.* 1838, gr. in-8, pl., dem.-rel.

57. The History and Antiquities of the see and Cathedral church of Norwich. *Londres*, 1836 ; in-4, pl. cart. n. r.

58. The History and antiquities of the Abbey, and Cathedrai church of Bristol. *Londres*, 1836 ; in-4 , pl. cart., n. r.

59. The History and antiquities of the cathedral church of Oxford. *Londres*, 1821 ; in-4., pl. cart. n. r.

60. Buckman and Newmarck. Illustration of the Remains of Roman art. *Londres*, 1850; gr. in-8, pl. cart. n. r.

61. Bulletin monumental, publié par M. Caumont, de l'origine 1835 à 1871. 37 vol. in-8, br.

62. Cahiers d'instruction sur l'architecture, la sculpture, les meubles, etc. *Paris, Baudry*, 1846 ; gr. in-8, fig. dem.-rel.

63. Cahier (Ch.), et Martin (Art.). Mélanges d'Archéologie, d'Histoire et de Littérature. Collection de Mémoires sur l'Orfévrerie, les Émaux, Miniatures, Ivoires, etc. *Paris*, 1847-1849 ; 4 vol. in-4, fig. dem.-rel.

> Ouvrage contenant un grand nombre de planches en or et en couleur.

64. Callet et Lesueur (J.-B.). Architecture Italienne ou Palais, Maisons et autres Édifices de l'Italie moderne. *Paris*, 1827 ; in-fol. de 61 pl., dem.-rel. c. n. r.

65. Callet. Notice historique sur la vie artistique et les ouvrages de quelques architectes français du xvie siècle. *Paris*, 1843 ; gr. in-8, fig. cart.

66. Calliat. Parallèle des maisons de Paris, construites depuis 1830 jusqu'à nos jours. *Paris, Morel*, 1850-1864 ; 2 vol. in-fol. dem.-rel. n. r.

67. Camus de Mezières (N.). Le Recueil de différents plans et dessins concernant la nouvelle halle aux grains, située aux lieu et place de l'ancien hôtel de Soissons. *Paris*, 1769 ; in-fol. cart.

> On y a joint un portrait de M. A J. Bignon, prévôt des marchands.

68. Caristie. Plan et coupe d'une partie du Forum romain et des monuments de la Voie Sacrée. *Paris*, 1821 ; in-fol. dem.-rel.

69. Cauvet (G.-P.). Recueil d'ornements, dédié à Monsieur, frère du roi, en l'année 1777 ; in-fol. dem.-rel.

> Suite de 54 planches d'ornement d'une exécution remarquable.

70. **Cayla et Paul.** Toulouse monumentale et pittoresque. *Toulouse*, in-4. fig., dem.-rel., c. dor. ent. n. r.

71. **Charton (Ed.).** Le Tour du Monde, nouveau journal de voyages. *Paris, Hachette*, 1860-66 ; vol. I à XIII, in-4, fig. dem.-rel.

72. **Chefs-d'œuvre de l'art antique.** Architecture, peinture, statues, bas-reliefs, bronzes, mosaïques, vases, médailles, bijoux et meubles, tirés principalement du musée de Naples, texte par Robiou. *Paris, Levy*, 1867 ; 7 vol. in-4, dem.-rel., tête dor., n. r.

    Suberbe ouvrage contenant environ 1,000 planches représentant plus de 3,000 sujets.

73. **Choice Examples** of art workmanship ; drawn and engraved under the superintendance of Philip de **La Motte.** *Londres*, 1851 ; in-4, fig. cart.

74. **Ciampini (Joannis).** Vetera Monumenta in quibus præcipue musica opera, Sacrarum, profanarumque, ædium structura. *Rome*, 1747 ; 3 vol. in-fol., rel. anc.

75. **Cicognara (Leopoldo).** Le Fabriche e i Monumenti cospicui di Venezia, 2ᵉ éd. *Venezia*, 1838 ; 2 vol. gr. in-fol., fig. dem.-rel. n. rog.

76. **Clarac (le comte de).** Musée de Sculpture antique et moderne, ou Description de ce que le Louvre et les Tuileries renferment en statues, bustes, bas-reliefs. inscriptions ; accompagné d'une iconographie grecque et romaine, et de plus de 1,200 statues antiques, tirées des pricipaux Musées de l'Europe. *Paris, imp. Royale*, 1826-1853 ; 6 vol. de texte, gr. in-8, et 6 vol. de pl., gr. in-4 obl., dem.-rel., n. r.

77. **Coney (John).** A series of fifty. Six Etchings, consisting of architectural sketches, civil and ecclesiastical, in France, the Netherlands Germany and Italy. *Londres, s. d.*, gr. in-8, cart.

78. Coste (Pascal). Architecture Arabe, ou Monuments du Kaire. *Paris, Didot*, 1839; gr. in-fol, dem.-rel, n. rog.

79. Cotman (John Sell). The Architectural antiquities of Normandy. *London*, 1822; deux tom. en un vol. in-fol., dem.-rel., c.

Très-bel ouvrage, contenant 100 planches gravées à l'eau forte.

80. Couchand. Choix d'Églises Byzantines en Grèce. *Paris, Lenoir*, 1832; in-4, fig., dem.-rel.

81. Coussin (J.-A.). Du Génie de l'Architecture, ayant pour but de rendre cet art accessible à tout le monde. *Paris*, 1822; in-4, fig., dem.-rel.

82. Cutts (Edward L.). A Manual for the study of the Sepulchral slabs and crosses of the middle ages. *Londres*, 1849; gr. in-8, pl., cart.

83. Daly (César). Architecture Funéraire contemporaine. Spécimens de Tombeaux, Chapelles funéraires, Mausolées, Sarcophages, etc. *Paris, Ducher*, 1871; in-fol. de 167 pl., dans un carton.

84. Daly (César). L'Architecture privée au XIXe siècle sous Napoléon III. *Paris, Morel*, 1864; 3 vol. in-fol., fig., dem.-rel. coins tête dor. n. r.

Très-bel exemplaire, reliure neuve.

85. Daly (César). Motifs historiques d'architecture et de sculpture d'ornement. Choix de fragments empruntés à des monuments français. *Paris, Morel*, 1869; 2 vol. in-fol., dem.-rel., coins, tête do., n. r.

Très-bel exemplaire, reliure neuve.

86. Dan (Le P. F. Pierre). Le Trésor des merveilles de la maison royale de Fontainebleau, contenant la description de son antiquité, de sa fondation, de ses bâtiments, de ses rares peintures, de ses jardins, fontaines, etc. *Paris, Sébast. Cramoisy*, 1642; in-fol. rel. v. pl., tr. rouge.

Ouvrage orné de fig gravées par A. Bosse et Mich. Lasne.
Bel exemplaire, très-grand de marges, rel. neuve veau pl.

87. Darcel (Alfred). Album de Villard de Honnecourt, architecte du xiie siècle. Manuscrit publié en fac-simile, annoté et précécé de considérations sur la renaissance de l'art en France au xixe siècle, par A. Lassus. *Paris, Imp. Impériale*, 1858; in-4, fig. dor. en tête, n. r.

> Bel exemplaire, reliure neuve.

88. Davilier. Cours d'Architecture qui comprend les ordres de Vignoles, avec les figures et descriptions de ses plus beaux bâtiments et ceux de Michel-Ange, plusieurs nouveaux dessins, ornements, etc. *Paris, Mariette*, 1710; 3 vol. in-4, fig., rel. anc.

89. D'Aviler. Cours d'Architecture qui comprend les ordres de Vignole, et ceux de Michel-Ange et généralement ment tout ce qui regarde l'art de bâtir. Nouvelle éd. enrichie de planches et dessins par J.-P. Mariette. *Paris. Mariette*, 1750; in-4, rel. anc.

90. Decloux et Doury. Histoire de la Sainte-Chapelle du Palais. *Paris*, 1857; in-fol., fig., dem.-rel., cart.

> Très-bel ouvrage avec 17 planches, tirées en or et en couleur, plus 5 en noir sur papier de Chine et le texte encadré d'ornements de diverses couleurs.

91. Dedaux. La Chambre de Marie de Médicis, au Palais du Luxembourg. *Paris*, 1838; in-fol., fig. cart., n. r.

92. Delille (Charles-Jean). La France au xixe siècle illustrée dans ses monuments et ses plus beaux sites; dessinée par Thomas Allom. *Londres* et *Paris*; in-4, fig, dem.-rel. c. dor. ent. n. r.

93. De Lorme (Philibert). Nouvelles inventions pour bien bastir et à petits frais, etc. *Paris, Imp. de Frédéric Morel*, 1561; in-4, dem.-rel.

> Très-bel exemplaire lavé et encollé.

94. — Œuvres d'Architecture. *Paris, chez Frédéric Morel*, 1568; in-4, fig., rel. anc.

> Très-bel exemplaire, dans son ancienne reliure en bois.

95. Delsaux. L'Église Saint-Jacques à Liège. *Liège,* 1845 ; in-fol. de 14 pl., dem.-rel., c.

96. Descripcion del real Monasterio de San Lorenzo del Escorial. *Madrid,* 1764 ; in-4, fig., rel. anc.

97. Descrizione del Giardino real detto di Boboli, in-4, dem.-rel.

Ouvrage orné d'un plan et de 46 planches.

98. Desgodetz. Les édifices de Rome, dessinés et mesurés très-exactement. *Paris,* 1779 ; in-fol., rel. anc.

Ouvrage recherché pour son exactitude.

99. Destailleur. Recueil d'estampes relatives à l'ornementation des appartements, aux xviie et xviiie siècles. *Rapilly,* 1858 ; in-fol (dans un carton).

Suite de 144 planches. (Il nous manque le titre du tome deuxième).

100. Deville (A.). Compte de dépenses de la construction du château de Gaillon. *Paris* 1850 ; in-4, cart. et atlas in-f. de 16 pl. br.

101. Didron. Iconographie chrétienne, histoire de Dieu. *Paris, Imp. royale,* 1843 ; in-4, fig. cart. n. rog.

102. Donat (Père Dominique). Méthode pour faire une infinité de dessins différents avec des carreaux mi-partie de deux couleurs, par une ligne diagonale. *Paris,* 1722 ; in-4 rél. parch.

103. Drouin (Léo). La Guienne militaire. Histoire et description des villes fortifiées, forteresses et châteaux pendant la domination anglaise. *Paris, Didron,* 1865 ; 2 vol. in-4, pl. dem.-rel. n. r.

Ouvrage contenant un grand nombre de gravures dans le texte et 150 planches gravées à l'eau forte.

104. Durand (J. N. L.) Professeur à l'École polytechnique. Recueil et parallèle des édifices de tout genre, anciens et modernes, remarquables par leur grandeur et leur beauté. *Paris, an IX* ; in-fol. obl. de 86 pl. cart.

105. Du Sommerard. Les Arts au moyen-âge. *Paris*, 1838-1846. 5 vol. gr. in-8,° plus un atlas et un album formant 6 vol. in-fol. d.-rel. n. r.

Ouvrage d'un grand intérêt, dont les planches ont été exécutées par les principaux artistes français. L'Album contient 108 pl. et l'Atlas 510, en tout, 618 pl.

Ouvrage publié au prix de 900 fr.

106. Émy (Le colonel). Traité de l'art de la charpenterie. *Paris*, 1837-1841 ; 2 vol. in-4, et 1 atlas in-fol. de 157 pl. d.-rel.

107. Encyclopédie d'Architecture. De l'origine 1851 à 1861. 11 années. In-4, br.

108. Espana artistica y Monumental vistas y descripcion de los sitios y monumentos mas notables de Espana, obra dirigida y ejecutada por don Genaro Perez de Villa-Amil-texto; por don Patricio de la Escosura ; publicada bajo los auspicios y colaboracion de una sociedad de artistas, literatos y capitalistas espanoles. *Paris*, 1842 ; 3 vol. in-fol. fig. dem. rel. c. non rog.

Bel exemplaire.

109. Ferrario (Giulio). Monumenti sacri e profani dell'imperiale e reale basilica di Sant-Ambrogio in Milano. *Milano*, 1824, in-fol. fig. dem.-rel. n. r.

110. Feydeau (Ernest). Histoire des usages funèbres et des sépultures des peuples anciens. Liv. 1 à 16. *Paris, Gide*, 1858; in-4, fig. br.

111. Fichot (Ch.) et Amédée Aufauvre. Album pittoresque et monumental du département de l'Aube. *Troyes*, 1852; gr. in-4, pl. dem.-rel. c.

112. Flachat (Dron de) et Lasvignes. Cathédrale de Bayeux. Reprise en sous-œuvre de la tour centrale. — Description des travaux. *Paris*, *Morel* 1861 ; in-4, fig. dem.-rel. c., dor. sur tr. n. r.

Bel exemplaire.

113. Fontana. Il tempio vaticano et sua origine. *Rome*,
1694 ; in fol. cart.

> Ouvrage accompagné d'une grande quantité de planches.

114. Franchetti (Gaetano). Storia e descrizione del duomo
di Milano, e corredate di xxx tavele incise *Milano*, 1821 ;
in-4, fig. cart. n, r.

115. Francine. Livre d'architecture contenant plusieurs
portiques de différentes inventions sur les cinq ordres
de colonnes. *Paris*, 1631 ; in-fol., fig. dem.-rel.

> Bel ouvrage contenant une suite de 40 planches, très-bien exécutées.
> Le portrait de l'auteur est gravé par A. Bosse. Exemplaire lavé et
> encollé.

116. Gailhabaud. L'Architecture du v⁰ au xvii⁰ siècle et les
arts qui en dépendent. *Paris, Gide,* 1858; 4 vol. in-4, et
atlas in-fol., dem.-rel., coins tête dor., n. r.

> Bel exemplaire, reliure neuve.

117. — Monuments anciens et modernes. Collection formant une histoire de l'architecture des différents peuples à toutes les époques. *Paris, Didot*, 1850; 4 vol. in-4,
fig. dem.-rel. coins tête dor. n. r.

> Bel exemplaire, figures sur chine, reliure neuve.

118. Gailhabaud. L'art dans ses diverses branches ou l'Architecture, la sculpture, la peinture, la fonte, la ferron-
nerie, etc., chez tous les peuples et à toutes les époques
jusqu'en 1789. *Paris*, 1863 ; in-4, fig. dem.-rel. c. t. dor.
n. r.

119. Gaucherel. Exemple de décorations appliquées à l'architecture et à la peinture depuis l'antiquité jusqu'à nos
jours. *Paris, Bance*, 1859 ; in-4, dem.-rel.

120. Gazette des beaux arts. Les années 1859-1862-1863. 3
années, br. en numéros.

> Les années 1862 et 1863 sont épuisées et manquent dans beaucoup
> de collection.

121. Gazette des architectes et du bâtiment. *Paris, Morel*, 1863-1871 , 6 vol. in-4, br.

122. Girault de Prangey. Essai sur l'architecture des Arabes et des Mores, en Espagne, en Sicile et en Barbarie. *Paris*, 1841 ; gr. in-8, fig. cart.

123 — Monuments arabes et mauresques de Cordoue, Séville et Grenade; in-fol. dem.-rel.

124. — Choix d'ornements mauresques de l'Alhambra. 30 planches lithographies en couleur. In-fol., dem.-rel.

125. — Mosquée de Cordone, Giralda et Alcazar de Séville. Vues générales, intérieures, etc., *Paris*, 1839 ; in-fol., br.

126. Golbéry (de), et J. G. Schweighæuser. Antiquités de l'Alsace, châteaux, églises, etc. *Mulhouse, Engelmann*, 1828 ; 2 vol. in-4. pl. dem.-rel. n. r.

127. Gourlier, Biet et Grillon. Choix d'Édifices publics projetés et construits en France depuis le commencement du xixe siècle. *Paris, Colas*, 1845-47 ; 3 vol. in-fol. fig. dem.-rel. n. r.

128. Grandjean de Montigny. Recueil des plus beaux tombeaux exécutés en Italie, dans les xv et xvi[a] siècles, d'après les dessins des plus célèbres architectes et sculpteurs. *Paris*, 1813 ; in-4, fig. cart.

129. — Architecture toscane, ou Palais, maisons et autres édifices de la Toscane. *Paris*, 1837 ; in-fol., fig. dem.-rel. c. n. r.

130. Granet (Jean-Joseph). Histoire de l'Hôtel royal des Invalides, avec les peintures et sculptures de l'église, dessinées et gravées par Cochin. *Paris*, 1736 ; in-fol. rel. anc.

Ouvrage contenant 103 planches très-bien exécutées.

131. Gruner (Louis). Décorations de palais et d'églises en Italie, peintes à fresques ou exécutées en stuc, dans le xv° et xvi° siècle. *Paris* et *Londres*, 1854 ; gr. in-fol., avec 56 pl. cart.

132. Guarino Guarini. (Padre dom) Architettura civile. *Turin*, 1737 ;in-fol., fig. rel. anc.

133. Guillaumot. Château de Marly-le-Roi. *Paris*, *Morel*, 1855; in-fol., fig. dem.-rel. c. t. dor. n. r.

134. Hay (D. R.). The natural principles and analogy of the harmony of form. *Londres*, 1847; in-4, pl. cart. n. r.

135. Heider (D' Gustav.) et J. Hieser. Mittelalterliche Kunsdenkmale des Osterreschischen Kaiserstaates. *Stuttgart*, 1858-60 ; 2 vol. in-4, pl. cart.

136. Heidloff. Les Ornements du moyen âge. 200 pl. accompagnées d'un texte explicatif. *Paris*, *Morel*, in-4, dem.-rel. cart. dor. sur tr. n. rog.

137. Herculanum et Pompéi. Recueil général des peintures, bronzes, mosaïques, etc., découverts jusqu'à ce jour, et reproduits d'après les meilleurs ouvrages publiés en Italie, augmenté de sujets inédits gravés par Roux, et d'un texte explicatif par L. Barré. *Paris*, *Didot*, 1850 ; 7 vol. in-8, cart. n. rog.

138. Héricher (Le). Histoire et description du mont Saint-Michel, dessins de G. Bouet. *Caen*, 1848 ; in-fol. fig. dem.-rel. n. r.

139 Hittorff et Zanth. Architecture moderne de la Sicile, recueil des plus beaux monuments de la Sicile. *Paris*, *Renouard*, 1835 ; in-fol. fig. dem.-rel. n. r.
Faisant suite à l'Architecture antique de la Sicile.

140. Hoffmann. Les Arts et l'industrie. Recueil de dessins relatifs à l'art de la décoration chez tous les peuples. *Paris, Gide* et *Baudry*, 1855 ; in-fol., fig. dem.-rel. c. dor. sur tr. n. r.

Très-bel ouvrage contenant 42 pl. noir et 36 pl. en couleur, lithographiées par Kellerhoven.

141. Hope. Histoire de l'architecture, traduit de l'anglais, par Baron. *Bruxelles*, 1839 ; 1 vol. in-8, et atlas de 97 pl. dem.-rel.

142. Hubsch (Henri). Monuments de l'architecture chrétienne, depuis Constantin jusqu'à Charlemagne. Traduit de l'allemand par l'abbé Guerber. *Paris, Morel*, 1866 ; gr. in-fol., fig. dem.-rel., c. dor. sur tr. n. rog.

Bel exemplaire.

143. Il Duomo de Milano ossia Descrizione storico-critica, etc. *Milan*, 1831 ; in-4 (63 fig.), cart.

144. Il Duomo di Monreale illustrato y riportato in tavole cromolitografiche, da D. Domenico Benedetto Gravini. *Palermo*, 1859-1867 ; livraisons 1 à 38, in-fol. br.

Manque la 25e liv., la 40e qui doit compléter l'ouvrage n'est pas encore parue.

145. Ingram (James). Memorials of Oxford (avec nombreuses gravures de Le Keux, d'après les dessins de Mackenzie). *Oxford*, 1837 ; 3 vol. in-8, dem.-rel. c.

146. Isabelle. Les Édifices circulaires et les dômes classés, par ordre chronologique. *Paris, Didot*, 1855 ; gr. in-fol. fig. dem.-rel. c. n. rog.

Bel exemplaire.

147. Jousse (Mathurin). La Fidèle ouverture de l'art du serrurier, où l'on voit les principaux préceptes, desseings et figures touchant les expériences et opérations manuelles du dict art. ensemble un petit traité de diverses trempes. Le tout fait et composé par Mathurin Jousse de la Flèche. *A la Flèche, chez Georges Griveau, imprimeur ordinaire du Roy*, 1627 ; in-fol., de 156 feuilles, compris titres et tables. rel. **v.** pl. (bel exemplaire).

Volume inappréciable pour les 130 figures qui se trouvent dans le texte.

Les planches qui représentent les détails techniques du métier sont sur bois ; toutes celles qui ont rapport à l'ornementation sont à l'eau forte. Le dessin et la gravure en sont un peu naïfs, ce qui n'empêche pas qu'elles soient d'un grand intérêt pour l'histoire de l'art et fournissent de nombreux documents sur les intérieurs du commencement du XVIIe siècle.

Avec le présent ouvrage qui est l'œuvre principal du célèbre ouvrier, se trouvent réunis les deux suivants : 1º le Théâtre de l'art, de Charpentier ; 2º le brief traité des cinq ordres des colonnes,

148. Kastner. Les Danses des Morts. Dissertations et recherches. Accompagné de la Danse macabre. *Paris, Brandus*, 1852 ; in-4, fig. dem.-rel., tr. p.

149. King (Thomas). Études pratiques tirées de l'architecture du moyen âge en Europe. *Paris, Londres*, 1857 ; 2 vol. in-4, fig. cart.

Suite de 200 planches sur chine.

150. Knight (Henri Gally). Saracenic and norman remains to illustrate the normans in Sicily. *Londres*, in-8, pl. dem.-rel. n. r.

151. Labarte (Jules). Le Palais impérial de Constantinople et ses abords, Sainte-Sophie, le Forum Augustéon et l'Hippodrome, tels qu'ils existaient au xe siècle. *Paris, Didron*, 1861 ; in-4, fig., d.-rel., cart., tr. peigne. (Bel exemplaire).

151 *bis.* — Histoire des Arts industriels au moyen âge
et à l'époque de la Renaissance. *Paris, Morel*, 1864;
4 vol. in-8 et 2 atlas in-4 contenant 164 planches, br.

Ouvrage presque épuisé. Il est porté 900 fr. sur le catalogue de la
maison Morel.

152. Laborde (Alexandre de). Voyage pittoresque et historique de l'Espagne. *Paris, Didot*, 1806-1820; 4 vol. in-
fol., fig., d.-rel.

153. Laborde (Comte de). Athènes aux xv*, xvi* et xvii* siècles. *Paris, Renouard*, 1854; 2 vol. gr. in-8, fig., d.-rel.,
c., t. dorée, n. rog.

154. Lacroix et Seré. Le Moyen Age et la Renaissance.
Paris, 1848-1851; 5 vol. in-4, fig., d.-rel., c., t. do.
n. rog.

Très-bel exemplaire.

155. Lacroix (Paul). Les Arts au moyen âge et à l'époque
de la Renaissance, illustrés de 17 pl. chromo-lithographi-
ques par Kellerhoven, et de 400 grav. sur bois. *Paris,
Didot*, 1869; in-4, br.

156. Lamour (Jean). Recueil des ouvrages en serrurerie
que Stanislas le Bienfaisant, roi de Pologne, a fait poser
sur la place Royale de Nancy. *Nancy, s. d.*, in-fol.,
cart.

157. Lamothe (De La). L'Architecture au moyen âge dans
le département de la Gironde, dessinée d'après nature et
gravés à l'eau-forte par Léo Drouyn. *Bordeaux*, 1846;
in-fol., d.-rel.

158. Leblanc. Villas, Maisons de ville et de campagne,
composées sur les motifs des maisons de Paris moderne.
Paris, Lévy; album in-fol. de 24 pl. cart., dos toile.

159. Le Muet. Manière de bastir pour touttes sortes de per-
sonnes. *Paris, s. d.*, in-fol., rel. anc.

Ouvrage contenant 106 planches.

160. Le Pautre (Ant.). OEuvres d'architecture. *Paris, Jombert, s. d.*, in-fol., cart., n. rog.

161. Letarouilly (Paul). Édifices de Rome moderne, recueil des palais, maisons, églises, couvents, etc., de la ville de Rome. *Paris, Bance*, 1857; 1 vol. in-4 de texte et 3 vol. in-fol. de planches, d.-rel., c., n. rog.

    Très-bel exemplaire, reliure neuve.

162. Livre Nouveau, ou Règles des cinq ordres d'architecture, par Jacques Barozzio de Vignole, nouvellement revu par M. B., architecte du roy. *Paris*, 1767; in-4, fig., cart.

    Suite de 104 planches, quelques-unes de ces planches sont des vues des Monuments de Paris.

163. Luynes et F.-J. Debacq (Le duc de), Métaponte. *Paris, Renouard*, 1833; in-fol., fig., cart., n. rog.

164. Mabillon et de Michaele Germain. Museum italicum seu Collectio veterum scriptorum ex bibliothecis italicis. *Paris*, 1724; 2 vol. in-4, fig., rel. anc.

165. Mackensie (F.) et A. Pugin. Specimens of gothic architecture consisting of doors, windows, etc. *London*, in-4, pl., cart., n. rog.

166. Mallet (Manesson). La Géométrie pratique. *Paris*, 1702; 4 vol. in-8, fig., rel. anc.

    Ouvrage contenant 480 planches d'après les Monuments historiques. Presque tous les anciens monuments de Paris se trouvent dans cet ouvrage, à ce titre il doit figurer parmi les ouvrages relatifs à Paris.

167. Mandelgren. Monuments scandinaves du moyen âge, avec les peintures et autres ornements qui les décorent. *Paris*, 1862; in-fol., br.

168. Maquart (J.-J.). Le tombeau de saint Remi de Reims. *Reims*, 1847; in-fol., fig., d.-rel., c.

169. Marot (Daniel). Nouveaux livres d'ornement, pour lutillitée des sculpteurs et orfèvres, inventé et gravé à la Haye, par D. Marot, architecte de Guillaume III, roy d'Angleterre; in-4, dem.-rel. Recueil de 114 planches divisées comme il suit : boîtes de pendules, étuis de montres, ornements en broderie et petit point, portes et cheminées, vases et pots, fontaines, mausolées, jardins, bosquets, etc.; in-4, dem.-rel.

Une grande partie des planches contenues dans ce bel ouvrage ont mérité d'être reproduites dans diverses publications de notre temps. Le présent exemplaire est très-beau et grand de marges, mais il y manque le titre.

170. Marot (Jean). OEuvres d'architecture ou Recueil des plans, profils et élévations de plusieurs palais, châteaux et églises. *Paris*, 1764; pet. in-4, rel. anc.

171. Marot (père et fils). L'Architecture françoise ou Recueil des plans, élévations, coupes et profils des églises, palais, hôtels et maisons particulières de Paris. *Paris, Mariette*, 1727 au 1751; in-fol., fig., rel. anc.

Ouvrage recherché. Malheureusement il manque le titre au présent exemplaire.

172. Martin (Émile). Le Pont de Cubzac, dessins et description des piliers en fonte de fer. *Paris,* 1841; in-fol, fig., cart.

173. Martin. Recherches sur l'architecture, la sculpture, la peinture, menuiserie, etc., dans les maisons du moyen âge et de la Renaissance, à Lyon. *Paris, Didron*; in-4, fig., dem.-rel., c.

174. Maugendre (A.). Bayeux et ses environs. Album de châteaux, églises, ruines, etc. *Paris*, 1862; in-4 de 48 vues, cart., d. s. tr.

175. Melchior de Vogüé. Syrie centrale. Architecture civile et religieuse du *I*er au *VII*e siècle. *Paris, Noblet*, 1865; in-4, br.

Manque la 30e et dernière liv.

176. Memorie concernenti la città di Urbino. *In Roma*, 1724; in-fol., rel. vél.

Ouvrage contenant 72 planches (architecture et ornement).

177. Merle et Perié. Description historique et pittoresque du château de Chambord; in-fol., fig., dem.-rel., n. rog.

Exemplaire imprimé sur papier de diverses couleurs.

178. Michon. Statistique monumentale de la Charente. *Paris*, 1844; in-4, fig. pl., dem.-rel., cart.

179. Micolai. Della basilica di S.-Paolo. *Roma*, 1815; in-fol., fig., dem.-rel.

180. Millin. Abrégé des antiquités nationales ou Recueil de monuments pour servir à l'histoire de France, orné de 250 pl. *Paris*, 1837; 2 vol. in-4, dem.-rel.

181. Moller (D. Georges). Denkmxler der Deutschen Bau-Kunst dargestellt. *Leipzig*, parties I à III; 3 vol. in-4, pl., cart., n. rog.

182. Moniteur (le) des Architectes. Nouvelle série publiée sous la direction de M. A. Normand, de l'origine, 1856 à 1870. *Paris, Lévy ;* 5 vol. in-4, br.

183. Monuments sépulcraux de la Toscane dessinés par Gozzini et gravés par Scotto. Nouvelle édit. augmentée de plusieurs planches. *Florence*, 1821 ; in-4, dem.-rel.

184. Le Moyen âge archélogique et pittoresque. 500 planches dessinées et lithographiées par Chapuy. Vues des principaux monuments d'Angleterre, d'Espagne, de France, d'Allemagne, de Belgique et d'Italie; in-4, en feuilles.

Edition papier de chine.

185. Napoli E. S. luoghi celebri delle sue vicinanze. *Napoli*, 1845 ; 2 vol. in-4, fig., cart.

186. Nibby. Rome en 1838; 4 vol. in-8, fig., dem.-rel. vél.

187. Nivernois (Le). Album historique et pittoresque. *Nevers*, 1838; 2 vol. in-4. pl., dem.-rel.

188. Noël des Vergers. L'Étrurie et les Étrusques ou Dix ans de fouilles dans les Maremmes toscanes. *Paris, Didot*, 1864; 2 vol. in-8, dem.-rel. et un atlas in-fol. de 40 pl., br.

189. Noël (A.). Souvenirs pittoresques de la Touraine. *Paris, Leblanc*, 1824; in-4, pl., dem.-rel.

190. Normand (fils). Paris moderne ou Choix de maisons construites dans les nouveaux quartiers de la capitales *Paris* 1837; 2 vol. in-4, fig., dem.-rel.

190 *bis*. Monuments funéraires choisis dans les cimetières de Paris et dans les principales villes de France. *Paris*, 1832; deux parties en un vol. in-fol., dem.-rel., cart.

191. Normand (Charles). Nouveau parallèle des ordres d'architecture des Grecs, des Romains et des auteurs modernes. *Paris*, 1819; in-4, fig., dem.-rel.

192. Ornement polychrome (L'). Recueil historique et pratique publié sous la direction de M. Racinet. *Paris, Didot*. 1872; in-4, en liv. (livraisons 1 à 9.)

La 10° et dernière livraison est en vente, et peut s'acquérir séparément, au prix de 15 fr.

193. Owen (Jones). The Grammar of ornament, one hundred folio plates, drawn on stone by F. Bedford, and printed in coulours by Day and son. *Londres*, 1856; in-fol., dem.-rel., d. s. tr.

Grande édition, exemplaire du premier tirage.

194. Palais, maisons et autres édifices modernes, dessinés à Rome. *Paris*, l'an VI (1798); in-fol. (100 pl.), cart., n. rog.

195. Palladio (Andrea). I Quattro libri dell' architettura, in Venetia, appresso Domineco de' Franceschi, 1570; in-4, rel. anc.

Édition originale entièrement conforme à la description qu'en donne Brunet.

195 *bis*. — Ses œuvres recueillies et illustrées par *Bertotti*. Vicence, 1796; 4 tomes reliés en deux vol. in-4.

196. Parchape. Des Principes à suivre dans la fondation des asiles d'aliénés. *Paris, V. Masson*, 1853; gr. in-8, pl., dem.-rel., c., tranche peigne.

197. Parker (John Henry). Further observations on the ancient churches in the west of France. *Londres*, 1854; in-4, fig., dem.-rel., cart.

198. Pensée (Ch.). Orléans (Album guide.), avec 30 dessins à deux teintes, dont 1 plan de la ville. *Orléans, Garnier*, 1843; in-4, dem.-rel.

199. Périgueux (le vieux). Album de 30 gravures à l'eau-forte, par MM. Gaucherel et de Verneilh. *Paris*, 1867; in-fol., dem.-rel., d. en tête n. rog.

200. Percier et Fontaine. Résidences de souverains, parallèle entre plusieurs résidences de souverains de France, d'Allemagne, Suède, Russie, Espagne et Italie. *Paris*, 1833; in-4, dem.-rel.

201. — Choix des plus célèbres maisons de plaisance de Rome et de ses environs. *Paris, Didot*, 1809; in-fol., dem.-rel.

202. — Recueil de décorations intérieures comprenant tout ce qui a rapport à l'ameublement. *Paris*, 1812; in-fol., cart., n. rog.

203 Perret (Jacques), gentilhomme savoysien. Fortifications et artifices. *Francfort-sur-le-Mein*, 1602; pet. in-4, fig., dem.-rel.

204. Peyre (Marie-Joseph). OEuvres d'architecture. *Paris*, 1765; in-fol., fig., dem.-rel.
> Ouvrage contenant un grand nombre de projets habilement conçus et de beaux dessins, d'après les monuments antiques.

205. Pfnor (Rodolphe). Monographie du château d'Anet construit par Philibert Delorme en 1548. *Paris*, 1867; in-fol. fig. dem.-rel. c. dor. en t. n. r.

206. — Ornementation usuelle de toutes les époques dans les arts industriels et en architecture. *Paris*, 1866-67; 2 vol. in-4, fig. dem.-rel. c. dor. en t. n. r.

207. — Monographie du château de Heidelberg. *Paris*, 1859; in-fol., fig., dem.-rel., cart., dor. en t., n. rog.

208. Pfnor. (Rodol.). Architecture, décoration et ameublement époque Louis XVI. *Paris, Morel*, 1865; gr. in-fol., fig., dem.-rel., c. t. do., n. rog.
   Bel exemplaire.

209. — Pfnor et Champollion-Figeac. Monographie du Palais de Fontainebleau. *Paris, Morel*. 1863; 2 vol. in-fol. fig, dem.-rel. c. t. dor. n. r.
   Bel exemplaire.

210. Philostrate. Les Images ou tableaux de platte peinture, traduit en françois par Blaise de Vigenère, enrichis d'annotations, revus sur l'original et représentés en taille-douce, avec des épigrammes sur chacun d'iceux, par Thomas d'Embry. *Paris*, 1615; in-fol., rel. anc.
   Ouvrage recherché pour les belles gravures qu'il contient.
   Exemplaire en grand papier.

211. Pietrasanta (Domenico Taso). Del Duolomo di Monreale. *Palerme*, 1838; in-8, pl., cart., n. rog.

212. Piranesi. Le Antichità romane. *Rome*, 1756; 4 vol. in-fol. rel. anc.
   Un des plus beaux ouvrages qui aient paru sur Rome. Il contient 217 planches représentant toute l'antiquité romaine.

213. — Raccolta de' tempi antiche. *Roma, s. d.*; 3 vol. in-fol., cart.

214. — Opere varie di architettura, prospettive grottes chi antichità. *Roma*, 1750; in-fol, dem.-rel.
   Suite de 20 planches.

215. Plans de plusieurs châteaux, palais et résidences de souverains de France, d'Italie, d'Espagne et de Russie, in-fol. de 38 planches, cart., n. rog.

216. Potel (J.J.). La Bretagne. *Nantes, Sébire, s. d.*; in-fol. pl. dem-rel.

217. Pradi (J.) et J. B. Villalpandi. In Eziechelem expla-
nationes et apparatus urbis ac templi Hierosolymitani.
Rome, 1596 ; gr. in-4, pl. cart.

218. Pugin (Auguste). Dessins pour fer et bronze dans le
style des xv⁰ et xvi⁰ siècles. *Paris*, 1844; in-4, dem.-rel.

219. The architectural antiquities of **Normandy**. *Londres*,
1841; in-4, fig., dem.-rel. n. rog.

    Nombreuses planches gravées, par John et Henry Le Keux.

220 Examples of gothic architecture; selected from various
ancient edifices in England. *Londres*, 1838; 3 vol. in-4,
cart. n. rog., nombreuses planches.

221. Specimen of gothic architecture, selected from
various ancient edifices in England. *Londres*, 1823;
2 vol, in-**4**, pl. dem.-rel.

222. Pugin (Welby). Glossary of ecclesiastical ornament
and costume, a second edition enlarged and revised by
the R. Bernard Smith. *Londres*, 1846; in-4, fig. cart.,
n. rog.

    Très-belle publication, contenant 71 planches en chromo-litho-
graphie.

223. Details of ancient timber houses of the xv⁰ and
xvi⁰ centuries, selected from those existing at Rouen,
Caen, Beauvais, Gisors, Abbeville, Strasbourg, etc.
Londres, 1836 ; in-4, pl., cart., n. rog.

224. Contrasts, or A parallel between the noble édifices of
the middle ages; and corresponding buildings of the pre-
sent decay of taste. *Londres*, 1841 ; in-4, fig.; cart., n. rog.

225. The True principles of pointed or christian Architecture. *Londres*, 1841 ; in-4, fig., dem.-rel.

226. Quast (Ferdinand von). Die Alt-christlichen Bewerke
von Ravenna. *Berlin*, 1842 ; in-fol., fig., cart. n. rog.

    Quelques planches en chromo-lithographie.

227. Quatremère de Quincy. Histoire de la vie et des ouvrages des plus célèbres architectes du xiᵉ siècle jusqu'à la fin du xviiiᵉ *Paris, Renouard*, 1830; 2 vol. in-8, avec 47 pl., cart., n. rog.

228. — Dictionnaire d'architecture. *Paris*, 1832; 2 vol. in-4, dem.-rel.

229. — De l'Architecture égyptienne considérée dans son origine, ses principes et son goût. *Paris*, 1803; in-4, fig. br.

230. Queyroy (A). Rues et maisons du vieux Bloys. (Vingt eaux-fortes). *Paris*, 1864; gr. in-4, pl., dem.-rel. c.

231 Recueil des fondations et établissements faits par le roi de Pologne dans la ville de Nancy. *Lunéville*, 1862; in-fol., fig.

232. Revue générale d'architecture, publiée sous la direction de M. César Daly, de l'origine, 1840 à 1872, 33 années. in-4, fig., br.

    Les cinq premières années sont en dem.-rel.

233. Reynaud. Traité d'Architecture 3ᵉ éd , *Paris, Dunod*, 1867; 2 vol in-4 de texte et 2 vol. in-fol. de pl.; dem.-rel. c. dor. en t., n. rog.

234. Roberts (David). Picturesque Sketches in Spain, taken during the years 1832 and 1833. *Londres*, 1837 ; in-fol. pl. dem.-rel.

235. Roberts (Henry). The Model houses for families, built in connexion with the great Exhibition of 1851. *Londres*, 1851; in-4, pl. cart.

236. Rohault de Fleury (G.). Les Monuments de Pise au moyen âge. *Paris*, 1866; 1 vol. in-8 et un atlas in-4, dem.-rel. tête dor. n. rog.

    L'Atlas renferme 66 planches.

237. Roisin (Le baron de). La Cathédrale de Trèves du viᵉ au xixᵉ siècle. *Paris, Didron*, 1861; in-4, fig., dem.-rel. c. n. rog.

238. Roma sotterranea. Opera postuma di Antonio Bosio,
Romano, antiquario ecclesiastico singolare de' suoi tempi.
Rome, 1632; in-fol. rel. anc.

Cet ouvrage qui contient plus de 2,000 figures est très-rare, il est
surtout recherché depuis les nouveaux travaux de Rossi.

239. Rondelet. Traité de l'art de bâtir 5 vol. et atlas.
Blouet. Supplément à l'art de bâtir, 2 vol. et atlas. Ens.
7 vol. in-4, et deux atlas in-fol. dem.-rel.

240. Essai historique sur le pont de Rialto. *Paris*, 1827;
in-4, fig. cart., n. rog.

241. Roubo. L'Art du menuisier, suivi de l'Art du menui-
sier-carrossier. *Paris*, 1771; 3 vol. in-fol. fig., dem.-
rel. coins.

Très-bel exemplaire, reliure neuve.

242. Roux aîné. Les Termes des Romains d'André Palladio, d'après l'édition de Londres 1730. *Paris, Didot*, 1838;
gr. in-fol, de 7 pl. cart.

243. Charpente de la Cathédrale de Messine dessinée par
M. Morey, archit. *Paris, Didot*, 1841; gr. in-fol. de 8. pl.
en couleur, cart.

244. Rouyer. L'Art architectural en France depuis François Ier jusqu'à Louis XIV. *Paris, Noblet*, 1872; 2 vol.
in-4, br.

245. Rubeis (Jacobo de). Insignium Romæ templorum.
Rome, 1684; in-fol. de 72 pl. dem.-rel. t. dor. n. rog.

246. Ruggieri. Scelta di architetture antiche e moderne
della città di Firenze. *Firenze*, 1754; 4 tom. en 2 vol in-
fol., rel. anc.

Ouvrage contenant 260 planches d'architecture.

247. Ruines (Les) de Palmyre autrement dite Tedmor au
désert. *Paris*, 1819; in-4, fig., cart. n. rog.

248. Salzenberg (Von W.). Alt-Christliche Baudenkmale
von Constantinopel, vom v bis xii Jahrhundert. *Berlin*,
1855; gr. in-fol., cart.

39 Planches, la plupart en chromo-lithographie.

249. **Sauvageot.** Monographie de la chapelle de Notre-Dame de la Roche. *Paris, Morel,* 1863 ; in-4, fig., dem.-rel., d. en t., n. rog.

250. **Sauvageot.** Palais, châteaux, hôtels et maisons du XVe au XVIIe siècle. *Paris, Morel,* 1867 ; 4 vol. in-4, br.

251. **Sauvan (P.) et J.-P. Schmit.** Histoire et description pittoresque du Palais de Justice, de la Conciergerie et de la Ste-Chapelle de Paris. *Paris, Engelmann,* 1825.

252. **Sauzay (A.).** Musée du Louvre, collection Sauvageot, dessinée et gravée à l'eau-forte, par Edouard Lièvre. *Paris, Noblet* et *Baudry,* 1863 ; 2 vol. in-fol., fig., dem.-rel., c., dor. en t. n. rog.

    Bel exemplaire. Gravures sur chine.

253. **Schubler.** Recueil de 70 planches d'architecture divisées comme il suit : lits de parade, intérieurs d'alcoves, monuments funéraires, médaillers, pupitres, horloges, tables, guéridons, cheminées, vases, etc., in-4, br. Recueil de planches gravées en Allemagne vers 1700.

    Bel exemplaire, préparé pour la reliure, lavé et encollé.

254. **Schubler.** Suite de 17 planches : portes, balcons, lucarnes, chaises à porteur, etc. *Nurenberg,* 1728 ; in-4. dem.-rel., coins.

    Bel exemplaire, lavé et encollé.

255. **Serlio (Sebastiano).** Libro primo d'architettura. *In Venetia,* 1566 ; petit in-4., fig., dem.-rel., tranche peigne.

    Les cinq livres d'architecture de Serlio se trouvent réunis dans ce volume, et de plus l'on y a joint le sixième sous ce titre : Livre extraordinaire d'architecture, auquel sont démontrées trente portes rustiques. *Venise,* 1566.

    Bel exemplaire, lavé et encollé.

256. **Serlio (Seb.).** Architettura in sei libri. *In Venetia,* 1663 ; in-fol., fig., dem.-rel., n. r.

    Edition recherchée à cause des très-belles gravures sur bois qu'elle contient.

257. Seroux d'Agincourt. Histoire de l'art par les monuments, depuis sa décadence au iv° siècle jusqu'à son renouvellement au xvi°, pour servir de suite à l'histoire de l'art chez les anciens. *Paris*, 1823 ; 6 vol. gr. in-fol. avec 325 pl., dem.-rel., n. rog.

258. — Recueil de fragments de sculpture antique, en terre cuite. *Paris*, 1814; in-4, fig., cart.

259. Sganzin. Programme ou Résumé des leçons d'un cours de construction, 4° éd. enrichie d'un atlas in-fol. par M. Reibell. *Paris*, 1839; 2 vol. in-4 et atlas in-fol. dem.-rel.

260. Sharpe (Edmund). The Seven periods of English architecture defined and illustrated. (Twelve steel engravings and woodcuts.) *Londres*, 1851 ; gr. in-8 cart.

261. Shaw (Henry). The Decorative arts ecclesiastical and civil of the middle ages. *Londres*, 1851; in-4 pl., dem.-rel. n. r.

Plusieurs planches en chromo-lithographie.

262. Specimens of tile pavements. *Londres*, 1858; in-4, fig., dem.-rel.

Nombreuses planches en chromo.

263. Specimens of ancient Furniture drawn from existing authorities, with descriptions by Samuel Rush Meyrick. *Londres*, 1836; in-4, pl., dem.-rel., n. r.

264. Details of Elizabethan architecture. *Londres*, 1839; in-4, dem.-rel., n. r.

Nombreuses planches gravées.

265. Sicotière (L. de la) et Poulet-Malassis : Le Département de l'Orne archéologique et pittoresque. *Laigle*, 1845, gr. in-4, pl. dem.-rel. c.

266. Souso (Fr. Luis de). Plans elevations sections and views of the Church of Batalha in the province of estramadara in Portugal, with the history of description, trad by Jomes Murphy. *Londres*, 1836 ; in-fol. (27 pl.) dem.-rel. c. tête d. n. r.

267. Statistique monumentale de Paris. *imp. impériale*, 1867 ; un vol. in-4 et 240 planches in-fol.

D'après le classement des planches il doit y en avoir 270, il nous en manque donc 30.

268. Statuts de l'ordre du Saint-esprit au droit désir ou du Nœud, institué a Naples en 1352, par Louis d'Anjou, monuscrit du xiv siècle, conservé au Louvre dans le musée des souverains français, avec une notice sur la peinture des miniatures et la description du manuscrit, par Horace de Viel-Castel. *Paris, Engelmann*, 1853 ; in-fol. fig. dem.-rel.

Très-belle publication contenant 17 pl. en chromo-lithographie.

269. Statz. G. Ungewitter Reicheinsperger. Livre de types et de modèles gothiques, traduit de l'allemand par Rolleff. *Paris*, 1858 ; in-fol. de 36 pl., cart., dos, toile.

270. Street (G. E.) Some account of gothic architecture in spain. *Londres*, 1865 ; gr. in-8, pl., cart., n. r.

271. Stroobant. Anvers, Liège, Namur et le Hainaut. Monuments d'architecture et de sculpture, dessinés d'après nature et litographiés à deux teintes. *Bruxelles* ; in-fol. fig. dem.-rel., c., tr. p.

272. Katédra, Krakowska na Wawelu. *W. Krakowie*, 1859 ; in-fol., fig., dem.-rel., c. t. dor. n. rog.

273. Stuart et Revett. Les antiquités d'Athènes, traduit de l'anglais, par L. F. F. et publié par G. Landon. *Paris, Didot*, 1808 ; 5 vol. in-fol. fig. cart. n. r.

Le tome v contient les Antiquités inédites de l'Attique.

274. Suite de 36 planches, vues de la France et d'autres pays, dessinées et gravées à l'eau-forte par Toudouze. in-fol. dem.-rel.

275. Suyr et Haudebourt. Palais Massini à Rome, plans, coupes, élévations, etc. *Paris;* gr. in-fol. de 43 pl. cart.

276. Tardif Desvaux. Angers pittoresque, texte par E. L. *Angers*, 1843; in-4, pl., cart.

277. Taylor (le baron) et Louis Reybaud. La Syrie, l'Egypte, la Palestine et la Judée, considérées sous leur aspect archéologique, pittoresque et monumental. *Paris*, 1836; 2 vol. in-4, fig. dem.-rel. n. r.

  Ouvrage orné de trés-belles gravures sur acier.

278. Taylor (le baron) et Ch. Nodier. Voyages pittoresques et romantiques dans l'ancienne France, Normandie 2 vol., Auvergne 2 vol., Franche-Comté 1 vol. *Paris, Didot*, 1820-33; in-fol. cart. n. rog.

  Ce numéro sera divisé.

279. Texier (Charles) et Popplewell Pullan. L'architecture Byzantine ou recueil de monuments des premiers temps du Christianisme en Orient, précédés de recherches historiques et archéologiques. *Londres, Davy et fils*, 1864; in-fol., fig., rel. angl., tr. dor.

  Bel exemplaire.

280. The Baronial and ecclesiastical Antiquities of Scottland, illustrated by Robert William Billings and William Burn, architects. *Edimbourg, Londres*, 1848-52; 4 vol. in-4, pl., cart., n. rog.

281. Tombeaux de Louis XII et de François Ier, dessinés, gravés et publiés par F. Imbard. *Paris, Didot*, 1815; in-4 de 20 pl., dem.-rel., n. rog.

282. Transactions of the Institute of British architects of London. *Londres*, 1836-42; 2 vol. in-4, pl., cart., n. rog.

283. Trattato delle piante et imagini de' sacri edifizi di Terra Santa, dal R. P. F. Bernardino. *In-Firenza*, 1620; pet. in-4, rel. anc.

Les figures de cet ouvrage sont attribuées à Callot.

284. Triumphe (De) vâ Antwerpen; Triumphelijcke incompst, van prince Philips, prince van Spaignen, inde stadt van Antwerpen, anno 1549. *Anvers*, 1650; in-4, fig. sur bois, dem.-rel.

Entrée du prince Philippe d'Espagne dans la ville d'Anvers en 1549.

285. Curner (Hudson). Some account of domestic architecture in England, from the conquest to the sixteenth century. *Oxford*, 1851-59; 4 vol. gr. in-8, pl., cart.

286. Verdier (Aymar) et Cattoir. Architecture civile et domestique au moyen âge et à la Renaissance. *Paris*, *Didron*, 1855; 2 vol. in-4, fig., dem.-rel., c., t. d., n. rog.

Ouvrage orné de nombreuses figures dans le texte.

287. Venise (Un mois à). Recueil de vues dessinées par le comte Forbin. *Paris, Engelmann, s. d.*; in-fol., fig., cart.

288. Viollet-le-Duc. Dictionnaire d'architecture, tomes I à V. Gr. in-8, papier vélin, br.

289. — Dictionnaire raisonné du Mobilier, tomes I à III, et le premier fascicule des tomes IV et V. Gr. papier vélin.

290. — Entretiens d'architecture. Les 7 premiers entretiens br.

291. Vitruve. Les dix Livres de l'architecture, corrigés et traduits en français, avec des notes et des figures. Seconde édition revue par Perrault. *Paris, J.-B. Coignard*, 1684; in-fol., rel. anc.

Très-bel exemplaire.

292. Viotuvii de Architettura. Frontinus de Aquaductibus. *Florence*, 1513; in-12, fig. sur bois, dem.-rel.

293. Vitruve. Architecture ou art de bien bastir. *Paris, de l'imprimerie de Hierosme de Marnef*, 1572; in-4, rel. anc.

294. Vogüé (Le comte Melchior de). Les Églises de la Terre-Sainte. *Paris, Didron*, 1860; in-4, fig., dem.-rel., t. do. n. rog.

295. — Le Temple de Jérusalem. Monographie du Haram-echchérif, suivie d'un essai sur la topographie de la Ville Sainte. *Paris, Noblet* et *Baudry*, 1864; in-fol., fig. dem.-rel., t. do. n. rog.

296. Voyage pittoresque en Bourgogne. Description historique et vues des monuments antiques et modernes du moyen-âge. *Dijon*, 1833; 2 vol. in-fol., fig., dem.-rel., n. rog.

297. Vues pittoresques des cathédrales de Strasbourg et d'Albi, 25 planches lithographiées par Chapuy, et un texte historique par Mége. *Paris*, 1829; in-4, dem.-rel., vél.

298. — Amiens, Reims et Senlis. 29 pl., in-4, dem.-rel., vél.

299. — Paris, Chartres et Orléans. 37 pl. in-4, dem.-rel., vél.

300. — Sens, Auxerre, Dijon, Autun et Arles. 25 pl., in-4, dem.-rel., vél.

301. Waring (J.-B.). Examples of stained glass, fresco ornament marble and enamel inlay, and wood inlay; drawn on stone and printed in colours by Vincent Brooks. *Londres*, 1858; in-fol., d.-rel., d. s. tr.
Nombreuses planches en chromo-lithographie.

302. Weales (John). Quarterly papers of architecture. *Londres*, 1844; part. I-III en 2 vol. in-4, cart., n. rog.
Nombreuses gravures, dont plusieurs en chromo-lithographie.

303. Willis (R.). The Architectural history of Canterbury Cathedral. *Londres*, 1845; gr. in-8, fig., cart.

304. Remarks on the Architecture of the middle ages (especially of Italy). *Cambridge*, 1835; gr. in-8, pl., cart., n. rog.

305. Winkelmann. Histoire de l'Art chez les anciens, ouvrage traduit de l'allemand. *Paris*, 1802; 3 vol. in-4, fig., d.-rel.

306. Winkles (B.). French Cathedrals : Amiens, Paris, Chartres. Beauvais, Evreux, Rouen. *Londres*, 1837; in-4, pl., d.-rel., c., n. rog.

307. Winkle. Architectural and picturesque illustrations, or the Cathedral churches of England and Wales. *Londres*, 1836-42; 3 tomes rel. en 2 vol., d.-rel.

308. Wismes (de). Églises et Châteaux de la Vendée, du Maine et de l'Anjou. *Paris*, *Morel*, 1862; in-fol., pl., d.-rel., n. r.

309. Wright (Thomas). The Archæological Album, or Museum of National Antiquities. *Londres*, 1845; in-4, cart.

Ouvrage contenant un grand nombre de planches en chromolithographie.

310. Memorials of Cambridge : a series of wiews engraved by J. Le Keux. *Londres,* 1845; 2 vol. gr. in-8, fig., cart., n. r.

311. Wyatt (Digby). Specimens of ornamental Art workmanship in gold, silver, etc. *Londres*, 1852; in-fol. cart., n. rog.

Nombreuses planches en couleur.

EMBLÈMES

1. **Othonis** (Vœni). Emblemata aliquot selectiora. *Amsterdami*, 1618; in-32, obl. rel. vel.

   Joli petit recueil contenant 69 gravures à l'eau-forte.

2. **Milot**. Devises héroïques, in-12, dem.-rel. v. tr. p.

   Manque le titre.

3. **Alciat** (Emblêmes d'). De nouveau translatez en français, vers pour vers jouxte les latin. *A Lyon*, par *Guill. Roville*. 1564, in-12, rel. anc.

   Exemplaire d'une bonne condition.

4. **Paradin** (Claude). Les Devises héroïques. *A Anvers*, chez la veuve de *Jean Stelfius*, 1563 ; in-18, rel. anc.

5. **Othonis** (Vœni). Emblemata horationa, imaginibus in aes incisis. *Amsterdam*. 1684; in-18, rel. anc.

   Ouvrage contenant une suite de 35 tableaux bien exécutés.

6. **D'Amboise** (Adrian). Devises royales. *Paris*, 1621 ; in-18, dem.-rel. v. tr. p.

7. **Hadriani** (Junii). Medici emblemata, ad d. arnoldum cobelium, ejustem aenigmatum libellus. ad d. arnoldum rosembergum antoerpiæ. 1566 ; in-12, dem.-rel.

GRAVURES

—

1. **Israël** (Silvestre). Vues de Paris et de ses environs 76 pièces montées sur papier fort.

2. — Vues de Paris et de ses environs. 49 pièces, sans être montées.

3. — Vues de la France. 70 pièces, montées sur papier fort.

4. — Vues de la France. 54 pièces, sans être montées.

5. — Rome et l'Italie. 23 vues.

6. — Les trois Grâces : gravé par Forster d'après Raphaël.

7. — Environ 300 pièces. Ornements, vases et décorations, par Le Pautre, Marot et Leblond.

8. — Sous ce numéro, il sera vendu deux ou trois mille gravures et lithographies. Architecture, décoration, ornement. Vues des principaux monuments de la France et de l'étranger, etc.

Vᵉˢ Renou, Maulde et Cock, imp. de la Compagnie des Commissaires-Priseurs, rue de Rivoli, 144.		28069

RED. :

19

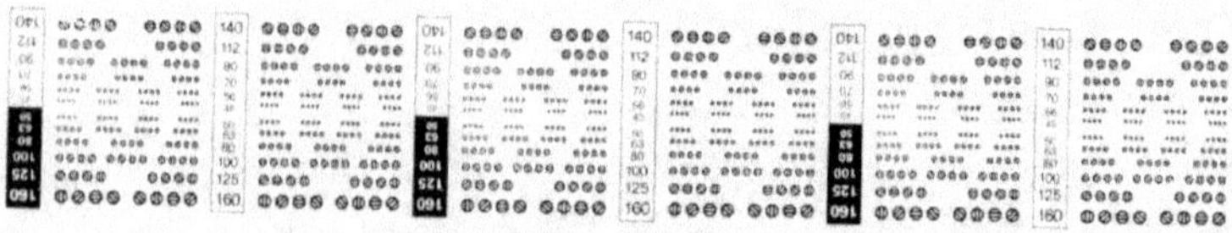

MIRE ISO N° 1
NF Z 43-007
AFNOR
Cedex 7 - 92080 PARIS-LA-DÉFENSE

graphicom

0 1 2 3 4 5 6 7 8 9 10

www.ingramcontent.com/pod-product-compliance
Lightning Source LLC
LaVergne TN
LVHW021046050726
842519LV00003B/1029